味 感 戀 人

圖/文　欣蒂小姐

miss cyndi

不知道這樣多久了，擠著腦袋拼命想記得你的體味，沾在你手指上的淡淡煙味，那個在雨天癡癡等待時雨中的鏽味，唯一無法記起的是我們相戀的滋味，直到有天吃泰式涼拌菜時，沒有預料的酸辣嗆出了眼淚，我想起當時每到假日期待與你見面，卻又不敢主動表達，等待手機簡訊時，心中的酸總從我的眼睛流洩而出，如同盤中這道料理引發的眼淚。

「你在想什麼？」對桌的友人盯著放空的我問著，
「很無聊的一些愛情煩惱。」我一邊擦著剛嗆出的眼淚一邊回答，
「愛情煩惱是什麼？能吃嗎？」友人不經意的回了這句話。

如果真的能吃，那會是什麼樣的味道呢？因為友人的問題，讓我開始思考食物與戀人間的關聯，近年很流行男人菜之說法，「誆他是你的菜嗎？」、「天啊！完全是我的菜！」、「我男友不是我的菜」。反覆思考後突然腦海飄出「抓住男人，要先抓住他的胃」的老話，但女人的胃呢？是誰握有主權？既然主權掌握在自己手上，那我的胃口偏好是什麼？

在產生許多問號之後，我嘗試用烹飪食物的方式去比喻戀人之間的關係，這是創作此書的開始。但這本書不是一本專業的廚師食譜，也不是愛情教戰手冊，只是我對於回憶的整理、抒發，用料理食譜的方式比喻、描寫那些自己記憶中曾經品嚐到的相戀滋味。

對方是否能成為自己理想中的樣子，不是最重要的，成為符合自己的胃口的料理似乎才是重點，食材都是一樣的，但「時間控制」和「烹調方式」的不同，就能得出各式各樣的菜色。選擇的餐具和品嚐過程也會讓人對於料理的感受差異於一線之隔。於是我將感情與男人依性質分為五項料理風味，再依其戀愛階段去細分不同風味中料理的類別，介紹各別特色、特質與料理做法。

在我記憶中五種類型的男人，分別經歷了不同的戀愛階段，從暗戀、初戀、純愛、論及婚嫁到組織家庭，雖然有些類型的戀人無法一起走完全程，但藉由這些食物，我在品嚐時想像著，如果與這個人組織家庭，大概就如這道料理的滋味吧，抱著這樣的心情與想法完成這本書。

『現在請試著為自己烹調食物，在盤中用味覺感受你的戀人。』

味感是中樞神經系統所接受的感覺裡其中一種。人類的味覺感受細胞存在於舌頭表面、軟顎、咽喉和會厭的上皮組織中。戀人則是觸發與傳遞情緒訊息到腦部的因素之一，但對戀人感受的存在勝過於任何知覺。但卻在皮膚表面，甚至唇瓣、軟齶、咽喉和會厭的上皮組織感受最強烈。訊息會用各種方式透過感覺系統傳遞至大腦，形成戀愛的感受。

戀人就像餐桌上的飲食，太甜美容易發膩，太辣難以消受，而苦味、酸味過多則容易被認為倒胃口，但有些苦味和酸味卻會回甘，並在口中留下難以掩蓋的痕跡，那些引起食慾的味道會驅動我們去尋找含有重要營養的選擇，而倒胃口的味道則警示該遠離，可能有潛在危害的物質。味覺與戀人的總和，對我而言是愛情解釋的一種。

因此當愛用味覺做比喻時，一切將不再被衡量、評斷，只有願意記住的被存留，成為成長的養分，選擇的考量。

於是我試著料理出能詮釋愛情的味道，品嚐時用舌尖搜索著各種口感、味道，與大腦資料庫中的記憶進行配對，這過程讓我想起那些戀情的發生經過，緬懷某些階段的單純，那些感受被自己清楚地解剖與處理，瞭解主權始終是握有選擇權的那方所有，當用食物的選擇比喻為愛情時，就能更明白這個道理。

「初識」「飲料」
「醞釀」「前菜」
「萌芽」「速食」
「猶疑」「甜點」
「承諾」「主餐」
「適應」「套餐」

我覺得每種類型的男子，都會有這六階段（種）的過程（料理）。

雖然不願意承認，但人類其實都是愛情動物，也都為此有過煩惱，如果翻閱本書是為了找出自己的天菜，我想這本書無法給你解答，不過也許會因為看著別人的經歷而有些想法。

因為明白自己需要的是什麼，才是最大的問題。

目前我依舊循著回憶找著答案。

苦味： 猜不透對方的心意，眼淚流進嘴裡的滋味。

《失敗的信物 #1》

不輕易表露心事的你，太想了解你內心的我

用了不該屬於你的~~交換日記~~，我企圖挖掘你

類型 A

苦寒系男子

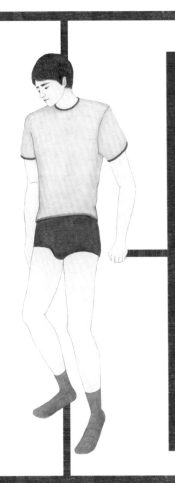

追求質感的細節

在品味上，對品質極為要求，無論是工作或休閒生活，對於自身物品有著一定的堅持跟原則。穿著的外套會是修身且具質感的款式，裡面搭配襯衫的領帶則是具有設計感的手製品。

有約會時習慣噴些香水，讓自己散發舒服的味道。此外，會適時地使用眼鏡、領結與帽子等配件，增加自己的質感。在工作用品上，所使用的經常是限量款式，不僅追求實用，並且希望與眾不同。

看似樸實保守、不喜鋪張，其實內心自我意識高，
對自己有絕對信心，追求低調而奢華的生活方式。

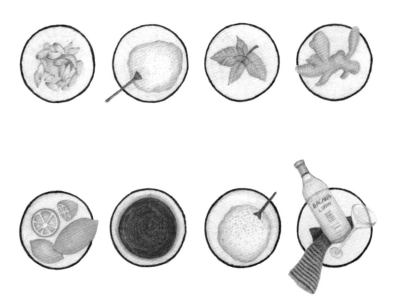

煙燻鮭魚沙拉

即使以沙拉的姿態存在，卻依然能呈現極簡但卻
精緻的質感，如愛情的起始，雖是冷食，卻因為
自身的甜味和巧妙搭配的酸味，讓人難以忘懷。

食材

紅色萵苣葉 5 片

青蔥 1 條

煙燻鮭魚薄片 4 片

蒔蘿草 1 茶匙

青蘋果 1 顆

檸檬汁 1 茶匙

醬料

芥末醬 1 匙

葡萄黑醋 1 匙

橄欖油 2 匙

鹽 適量

胡椒 適量

作法

1. 將青蔥切成蔥花

2. 將紅色萵苣葉切斷，方便食用即可，不必過細

3. 青蘋果去皮切成小薄片，淋上檸檬汁防止蘋果變黃

4. 將處理好的蘋果片平均鋪在紅色萵苣之上

5. 煙燻鮭魚薄片切成條狀，平均鋪於蘋果之上

6. 將蒔蘿草與蔥花灑在鮭魚薄片之上

7. 芥末醬、葡萄黑醋、橄欖油以 1:1:2 拌勻 ★ 註 1

8. 最後依照個人喜好調入適量的鹽以及胡椒

9. 沙拉要上桌時再淋上調好的沙拉醬

★ 註 1 按照列出順序攪拌，均勻後再拌，防止拌不勻

藍起司漢堡

運用獨特的香氣與鹹味讓即時方便的漢堡成為了
獨樹一格的料理。雖然是速食愛情，擺盤與過程
依舊需要維持優雅整齊的氣質。

食材

牛絞肉 200g

豬絞肉 200g

山藥 100g

洋蔥 20g

蒜頭 適量

醬油 少許

牛奶 適量

鹽 少許

麵包粉 適量

配料

圓形麵包 2 片

牛番茄 2 片

紅洋蔥 3 片

藍起司 些許

作法

1. 將全部準備好的食材入碗一起攪拌成肉團

2. 手先沾少許的油

3. 將肉團依個人喜好握成扁平圓形狀的大小

4. 握肉時要有丟甩的動作，將空氣甩出來

5. 熱鍋之後將肉排入鍋煎熟 ★ 註 1

6. 肉排起鍋後放圓形麵包上

7. 再將藍起司放於肉排上融化

8. 紅洋蔥切成薄片狀 ★ 註 2

9. 牛番茄洗淨去蒂切片狀

10. 生菜洗淨撕成易入口的大小

11. 適量將蔬菜等配料，放於漢堡旁即可

★ 註 1 切記不需一直翻面

★ 註 2 怕味道太重的話可先在冰水裡浸泡 5 分鐘去除嗆味

香根檸檬骰子牛排

帶著酸味的香氣，無法飽足卻能在精神與嗅覺上
感到飽滿；不適合大口大口進食的肉質，
嚼嚼入口品嚐後，卻會一直記得那確實的口感。

食材

牛排 1片

香草鹽 適量

檸檬汁 1/4 顆

香菜根 適量

橄欖油 少許

配料

花椰菜 1/4 顆

牛番茄 1塊

番茄濃醬 1大匙

義大利香料 1匙

鹽巴 少許

迷迭香 少許

作法

1. 水煮滾後滴入少許的橄欖油及 1.5 匙鹽

2. 攪拌後放入花椰菜

3. 開小火煮到菜浮上水面即撈起

4. 將牛排切成約 3x2cm 的塊狀

5. 先熱鍋，鍋燒熱後放入牛肉乾煎

6. 牛排每面都各煎 30 秒即可起鍋盛盤

7. 煎好的牛排灑上香草鹽、香菜末，檸檬汁

8. 用煎牛排的鍋子煎香茄

9. 番茄半熟後加入番茄濃醬拌炒

10. 加入義大利香料，鹽巴，迷迭香少許

11. 翻炒至熟即可撈起

12. 花椰菜與迷迭香番茄放於牛排旁裝飾後上桌

日式懷石料理

法重季節，強調體驗和器皿，道道都是藝術，懷
式簡桃又不失端莊，除了美之外更多了種深度，
其享的不是食物，而是一場古老文化的薰陶。

食材

嫩豆腐 1 盒

海苔片 1 片

天婦羅醬汁 少許

雞蛋 1/2 顆

低筋麵粉 25g

細柴魚絲 20g

蘿蔔泥 少許

七味粉 少許

蔥花 少許

揚出豆腐

作法

1. 將蘿蔔磨成泥備用

2. 海苔片剪絲、蔥洗淨切細花

3. 將豆腐瀝乾水分後橫切 1 刀對半

4. 對半後再直切 2 刀，切成 12 小塊豆腐

5. 12 塊分別沾麵粉後，沾蛋液，沾柴魚絲

6. 小油鍋放入豆腐高度一半的油，開中火熱鍋

7. 油鍋約 160 ～ 180°c 炸至金黃色　★ 註 1

8. 炸好後瀝油或是餐盤墊廚房紙吸多餘油份　★ 註 2

9. 裝盤後灑上少許七味粉、蔥花、海苔絲與蘿蔔泥

10. 取適量天婦羅醬汁裝盤後一起上桌

★ 註 1　若沒有油鍋以半煎半炸方式一面約 30 秒
★ 註 2　不可炸太久以免柴魚燒焦

食材	作法
鮭魚 100g	1. 蔬菜（馬鈴薯，白、紅蘿蔔）切塊
馬鈴薯 2 顆	2. 蒟蒻切成條狀
白蘿蔔 50g	3. 薑切細絲
紅蘿蔔 50g	4. 蔥切長段（最後放）
蒟蒻 1 片	5. 鮭魚刮除魚鱗後，將頭尾分切下來
薑 30g	6. 鮭魚身兩側剖開後取出魚骨
洋蔥 30g	7. 處理好的魚切塊狀，撒上少許鹽漬、汆燙
蔥 10g	8. 準備一鍋 1500cc 的水
昆布 1 片	9. 將薑絲、昆布、蒟蒻、蔬菜入鍋後煮至熟
醬油 少許	10. 再放入魚塊煮滾，並以醬油、鹽調味
鮭魚卵 50g	11. 加入蔥段稍作燜煮
鹽 適量	12. 上桌前放上鮭魚卵裝飾

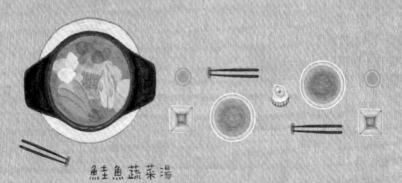

鮭魚蔬菜湯

丸子材料

上新粉 50g

糯米粉 250g

太白粉 1匙

砂糖 1匙

豆漿 250 cc

調色材料

艾草粉 1 茶匙

醬汁

和風醬油 50c.c.

太白粉 50g

砂糖 適量

水 50g

沾料

花生粉 適量

黑白芝麻 適量

作法

1. 丸子材料加豆漿揉成糰後分成兩份

2. 一份用艾草粉揉成抹茶色的糰糊

3. 再揉成一顆顆的小丸子 ★ 註 1

4. 煮一鍋滾水,將丸子煮至浮起即煮熟

5. 撈起後馬上以冰水冰鎮

6. 放涼後將丸子 4 個為 1 串串起

7. 太白粉與水以 1:1 的比例調出 100g 份量

8. 醬油加砂糖煮至冒泡再倒入太白粉水收稠 ★ 註 2

9. 丸子沾上醬汁,放入氣炸鍋 180°c 約 5 分鐘

10. 灑上自己喜歡的配料後即可

★ 註 1 為避免乾裂請覆蓋保鮮膜

★ 註 2 以緩慢速度倒入

和風丸子

義大利香草鮮奶酪

乾淨簡單，純色不奪目的白，不是最獨特的甜膩，
卻是最經典也受到普遍喜愛的類型，香草奶
油進入口中的那刻會迅速融化後具剩醇濃香氣。

食材

鮮奶油 200ml

牛奶 400ml

香草莢 1 條

糖粉 80g

吉利丁片 6g

配料

薄荷葉 數片

椰子絲 少許

作法

1. 吉利丁片浸冷水至少 10 分鐘後備用

2. 香草莢縱切切開刮出香草籽

3. 香草籽、糖、牛奶、鮮奶油入鍋拌均

4. 小火隔水加熱，保持 70°c 左右的溫度

5. 將糖煮至溶化，並時常攪拌

6. 放入軟化的吉利丁片

7. 持續攪拌到吉利丁片融化後熄火

8. 用濾網過濾，確保沒有未融化的吉利丁即可

9. 分裝至容器中放涼

10. 涼後移到冰箱冷藏至少 3 小時

11. 取出撒上椰子絲，擺上薄荷葉裝飾

調酒雪酪

綿密的冰沙，毫無罪惡感的清爽，微熱的時刻，
卻能讓人心神愉快，薄荷味道在口中，不知覺
中，就能讓你成為清爽香氣的俘虜。

食材

薄荷 1 把

黃色厚皮檸檬 2.5 顆

蘭姆酒 1 杯

果糖 1 杯

水 2 杯

檸檬皮刨屑 1 顆

作法

1. 薄荷葉洗乾淨切碎備用

2. 檸檬擠出約兩杯的檸檬汁

3. 加入蘭姆酒、果糖、水攪拌均勻 ★ 註 1

4. 刨刀刨入檸檬皮與薄荷葉碎末,稍微攪拌均勻

5. 裝入大淺盤後放入冷凍庫

6. 30 分鐘後用叉子將盤子邊緣結凍的部分弄散

7. 弄散後冷凍 30 分鐘,這時整體應該呈現水狀

8. 取出後再次翻攪結凍的部分,至稍微呈現泥狀

9. 翻攪後再放入冰箱冷凍 1 小時

10. 取出後再用叉子將結凍部分刮鬆即可

11. 取出裝杯、放上薄荷葉裝飾

★ 註 1 甜度與酒可依個人口味酌量添加

每日整齊乾淨的衣著，午休優雅的睡姿，升旗總是直挺站姿出席，用著好像永遠沒有快用完顯得尷尬的 0.4 藍筆……王子形象的他會喜歡怎樣的女生呢？當時的我常常睜眼在浴缸中，泡幾小時對著天花板，讓水蒸氣烤著大腦，無盡思考著這沒有答案的問題。

當時最大的煩惱，是自己能否與近乎完美的他相視。今天四目對視了幾次？則是每天的數學題。每當回憶那三年同窗的時光，暗戀的那段日子，才了解印象中完美無瑕的你，其實只是少女為了喜歡而愛上的想像。

因為我只喜歡，腦海中刻劃成理想且沒有瑕疵的模樣。我只愛著在單戀時，那些被自己圈捆著而蹦跳的少女情懷。

「喜歡了七年，原來我不了解你。」

甜味：黏膩卻親密的肌膚相觸，臉上羞怯的笑顏。

《失敗的信物 #2》

收下的每一朵鮮花，都在不久之後枯萎

發黃的~~粉紅玫瑰~~時時提醒愛情有保鮮期

類型 B

甜蜜系男子

擁有體貼呵護的暖心

　　他對於生活方式沒有特定的追求，對於自身物品的要求也較隨性，認為實用即可，穿著上他們不太會特地打扮，覺得舒適方便就好，因此平時的裝扮大 多是牛仔褲配上 T-Shirt。但有時會鍾情一些特定設計，例如條紋或圓點等。

　　有一點值得注意的是，有時在穿搭上，會不經意的透露出個性中潛在的孩子氣，例如對於帶有卡通圖案服飾的喜好。

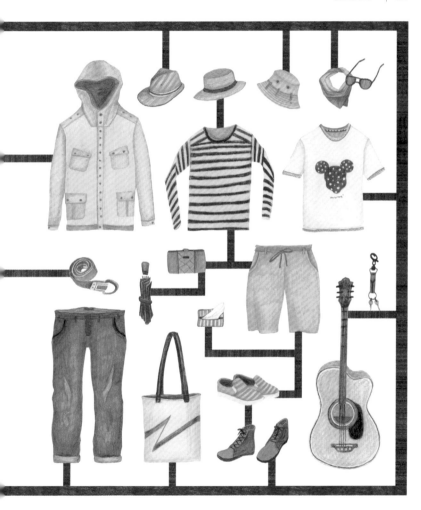

容易對與自己的母親或初戀情人相似的女性動情，
心情激動會不自覺掉眼淚，是有纖細內心的男人。

法式烤田螺

存在女孩心中都有的法式戀曲，濃郁微醺的滋味，
溫潤的奶油摻雜帶點酒香的醬汁與軟嫩螺肉搭配，
每顆都精緻浪漫，就像那種會摺成愛心的小紙條。

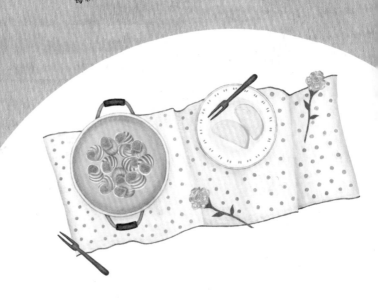

廣　告　回　信
板橋郵局登記証
板橋廣字第 836 號
免　貼　郵　票

收件人

新北市 236 土城區明德路二段 149 號 2 樓

凱特文化 收

寄件人

姓名：

地址：

電話：

您所購買的書名：**味感戀人**

姓名：_____ 性別： □男 □女

出生日期：_____年_____月_____日 年齡：_____

電話：_____地址：_____

E-mail：_____ Facebook：_____

_____ 學歷：1. 高中及高中以下 2. 專科與大學 3. 研究所以上

_____ 職業：1. 學生 2. 軍警公教 3. 商 4. 服務業 5. 資訊業 6. 傳播業

　　　　　 7. 自由業 8. 其他

_____ 您從何處獲知本書：1. 報紙廣告 2. 電視廣告 3. 雜誌廣告

　　　　　　　　　　 4. 新聞報導 5. 親友介紹 6. 公車廣告

　　　　　　　　　　 7. 廣播節目 8. 廣告回函 9. 逛書店

　　　　　　　　　　 10. 書訊 11. 其他

_____ 您從何處購買本書：1. 金石堂 2. 誠品 3. 博客來 4. 其他

_____ 閱讀興趣：1. 財經企管 2. 心理勵志 3. 教育學習 4. 社會人文

　　　　　 5. 自然科學 6. 音樂藝術 7. 養身保健 8. 學術評論

　　　　　 9. 文化研究 10. 文學 11. 傳記 12. 小說 13. 漫畫

請寫下你對本書的建議：_____

_____

_____

_____

_____

食材

田螺 2罐

香芹碎末 適量

蒜泥 適量

蔥末 少許

鹽 適量

奶油 適量

白酒 適量

配料

麵包或脆餅 適量

作法

1. 蔥與蒜搗碎成泥末狀

2. 田螺肉加白酒、香芹末、奶油、蒜泥醃過

3. 將醃過的田螺肉上沾蔥蒜末拌奶油

4. 處理好的田螺肉塞進乾淨的田螺殼裡

5. 放入特製烤盤，上爐烘烤至奶油烤融後即可

6. 此道料理食用時可搭配烤麵包或脆餅

歐式麵包三明治

口感鬆軟的麵包夾帶著營養滿分的鮮蔬、水果，
食材隨喜好的增減，不喜歡的都可以選擇不加，
而美乃滋是料理的重點，蔬菜再苦都將被掩蓋。

食材

麵包片 2 片
生菜 5 片
酸黃瓜 2 片
蘋果片 4 片
牛番茄 2 片
水煮蛋 1 顆
義式火腿 4 片
美乃滋 適量

作法

1. 麵包切片放進 150°c 烤箱加熱 5 分鐘
2. 電鍋內墊紙巾放雞蛋，蛋表面淋點水
3. 外鍋放 1/2 量杯的水
4. 電鍋蒸蛋至開關跳起，燜 5 分鐘後拿出
5. 將拿出的蛋放涼，並切片備用
6. 蘋果與牛番茄洗淨去蒂切片狀
7. 取出麵包 2 片後放上生菜
8. 放上切片後的火腿、酸黃瓜、蘋果、番茄
9. 淋上適量的美乃滋
10. 放上切片後的水煮蛋
11. 再淋上一次美奶滋即可上桌

奶油青蔬鮭魚義大利麵

義大利麵散發出原味的麥香，吃起來有著滑韌的口感，
加入油脂較多的鮭魚與鮮甜蔬菜搭配，適合兩人世界，
濃稠奶油調味氛圍，這香甜的感覺，只有我們才知道。

食材

義大利麵 300g

鮭魚塊 適量

花椰菜 1 把

番茄 3 顆

白酒 少許

奶油 適量

蒜末 少許

鮮奶油 100cc

作法

1. 水煮義大利麵至 8 分熟，煮麵水留下備用

2. 鮭魚去刺跟皮，花椰菜、番茄切入口大小

3. 每塊鮭魚都裹上高筋麵粉

4. 用奶油先炒香蒜末

5. 將魚塊下鍋油煎至金黃

6. 拉高油溫嗆白酒

7. 再將鮮奶油倒入鍋裡混合

8. 加入少量煮麵水，小火慢滾

9. 加入花椰菜與番茄小火煨煮至熟透

10. 加入 8 分熟的義大利麵，煮至醬汁濃稠

11. 最後加入調味的黑胡椒

浪漫西式餐點

粉紅牛肉裝飾浪漫風情，暖橘色鹹派添加了溫柔，
濃郁的奶油湯暖了胃，揉合溫馨浪漫的用餐氣氛，
咀嚼，感受食物滋味的同時我們共享著的是幸福。

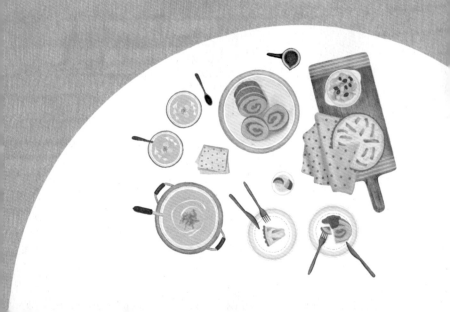

食材

南瓜 1/2 個

馬鈴薯 1 顆

洋蔥 1/2 顆

紅蘿蔔 1/2 條

無鹽奶油 35g

雞湯罐頭 2 罐

月桂葉 2 片

全脂牛奶 750ml

白胡椒粉 少許

雞湯罐 1 罐

巴西里末 少許

作法

1. 南瓜連皮切大塊，湯匙挖掉中間的籽和纖維

2. 馬鈴薯、紅蘿蔔去皮切塊；洋蔥去皮切絲

3. 處理好的南瓜、馬鈴薯、紅蘿蔔用電鍋蒸熟

4. 蒸好後放涼

5. 放涼後的南瓜去皮切片，馬鈴薯、紅蘿蔔切片

6. 起深鍋，開中火，加入奶油

7. 奶油融化後加入洋蔥絲用小火炒香、炒軟

8. 加入南瓜、馬鈴薯、紅蘿蔔拌炒 ★ 註 1

9. 加入雞湯及月桂葉，小火煨煮至南瓜熟透 ★ 註 2

10. 料煮爛後將月桂葉撈出

11. 湯擺涼至溫度低於 40°c ★ 註 3

12. 湯分 2 次用果汁機打，打碎、打勻後再倒回鍋內

13. 深鍋開中小火，加上鮮奶油和胡椒粉調味

14. 持續攪拌至煮滾就可關火 ★ 註 4

15. 上桌前再撒上巴西里末以及奶油裝飾即可

南瓜濃湯

★ 註 1　加蔬菜，南瓜湯的味道才會豐富香甜

★ 註 2　記得常攪拌以防底部焦掉

★ 註 3　避免果汁機溫度過高

★ 註 4　若太稠，可加牛奶，加熱攪拌均勻

派皮食材

中筋麵粉 200g

無鹽奶油 150g

蛋 1 顆

鹽 1 小撮

冰牛奶 3 茶匙

內餡食材

培根 180g

蛋 3 顆

大荳蔻粉 1 小撮

鮮奶油 25g

瑞士乾酪絲 80g

黑胡椒粉 適量

培根鹹派

作法

1. 麵粉過篩後，少量多次加入切丁後的奶油塊

2. 指尖捏碎奶油塊和麵粉均和成粗粒

3. 加入打散的蛋一顆，與麵糰和成塊 ★ 註 1

4. 麵糰壓成扁狀後用保鮮膜包覆後放冷藏 30 分鐘

5. 麵糰摸起來稍有硬度後，即可擀開成約 3mm 厚度

6. 將擀好的麵皮鋪在抹上奶油的派盤中 ★ 註 2

7. 盤底用叉子均勻戳洞後放冷凍庫 10 分鐘 ★ 註 3

8. 烤箱預熱 180°c，派模放入烤盤紙

9. 烤 20 ~ 25 分鐘至稍微金黃色

10. 取出烤盤紙，刷上蛋液再續烤 5 ~ 7 分鐘

11. 派皮烤好後等放涼

12. 培根切 1 公分條狀，小火炒至金黃色後取出瀝油

13. 將煎好的培根均勻鋪在已放涼的派皮底部

14. 灑上磨碎的乾酪絲

15. 大荳蔻粉和 3 顆蛋一起均勻打散

16. 打散後加入鮮奶油，並磨入些許黑胡椒粉增香

17. 用濾網過濾掉蛋液中的塊狀蛋清

18. 將蛋奶液倒入鋪好培根和乾酪絲的派底

19. 烤箱預熱至 180°c，將派放入烤箱

20. 烤約 30 分鐘至表面微焦金黃即可

★ 註 1 水份太少可逐次加入 1 小匙冰牛奶，最多不超過 3 次

★ 註 2 配方份量可製成兩個 7 ~ 8" 淺派盤

★ 註 3 也可放過夜，用保鮮膜（袋）密封，可保存 1 個月

食材

牛腹肉 2 磅

蒜和鹽 適量

內餡食材

菠菜切碎 適量

藍起司 1/2 杯

烤紅辣椒 1 罐

乾麵包屑 2 湯匙

蛋黃 1 個

蒜和鹽 適量

特級橄欖油 適量

作法

1. 烤箱預熱到約 210°c

2. 牛肉平躺，將尖刀平行從一側切到對邊 ★ 註 1

3. 將切完的肉打開像是一本書的兩面攤平

4. 將攤平的兩片牛肉壓到均勻的厚度

5. 把所有內餡食材放入中等大小的碗拌勻。

6. 用按壓的方式將適量的大蒜、鹽放入牛肉調味

7. 牛肉每一邊留下 2.5cm 的邊界，將拌勻的內餡放入

8. 從牛肉短邊開始以棉線捲起來固定 ★ 註 2

9. 棉線保持 2 英吋間距，若有掉出內陷再塞進兩邊

10. 捲起後在外層塗上橄欖油

11. 以約 210°c 烤 35 分鐘

12. 接著加熱溫度到用烘烤的方式，然後轉向一次

13. 最後將肉閒置 15 分鐘

14. 將棉線去除，即可切片上桌

★ 註 1　不要完全切斷

★ 註 2　肉紋理會從左到右，若有掉出來的填充物再塞進兩邊

義式牛肉卷

蜜糖吐司

烤得金黃香酥的吐司卻裝飾了花俏的外表，
在切開之後，緩緩流下的果醬更顯得華麗，
品嚐後的甜膩感覺像是備受寵愛的小公主。

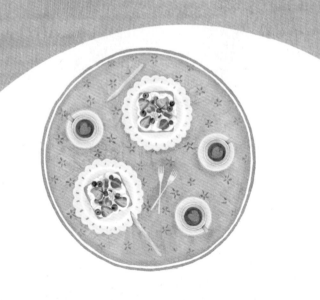

食材

未切片吐司 1/2 條

卡士達餡 120g

無鹽奶油 100g

新鮮檸檬汁 30g

百香果醬 適量

細砂糖 適量

草莓 3 顆

藍莓 數顆

鮮奶油 適量

裝飾

酒漬櫻桃 2 顆

薄荷葉 1 片

作法

1. 吐司的四邊各留約 1 公分

2. 用刀將吐司從上往下直切到底部繞一圈

3. 刀切一圈後，用刀向內壓一下，將吐司芯取出

4. 取出吐司芯，切成 8 大塊

5. 將挖空的吐司殼均勻塗上軟化奶油

6. 放入烤箱以 200°c 的溫度烤 7 分鐘至表面酥脆

7. 將吐司塊塗上奶油並沾上細砂糖

8. 沾糖後放入 200°c 烤箱烤 5 分鐘，烤至硬香

9. 將烤香後的吐司塊填回烤好的吐司殼內

10. 吐司盅邊緣擠上卡士達餡

11. 擠上適量鮮奶油裝飾

12. 放上切塊後的草莓和藍莓

13. 擺上酒漬櫻桃、薄荷葉裝飾

14. 將市售百香果醬與新鮮檸檬汁以 1:1 比例拌勻

15. 淋上調勻後的百香果醬

漂浮冰咖啡

漂浮於咖啡上的冰淇淋，在夏日的天氣更顯慵懶，
香草口味的奶香能掩蓋咖啡苦味但也融化了熱情，
甜頭嘗盡，熱度歸零，最後剩下淡淡想念的苦味。

食材

鋼杯 1 個

熱咖啡 200 cc

果糖 10 cc

香草冰淇淋 1 球

冰塊 少許

巧克力醬 少許

巧克力米 少許

作法

1. 將黑咖啡倒入鋼杯中，隔冰塊或冰水稍微放涼

2. 玻璃杯底先放上糖，份量依個人喜好 ★ 註 1

3. 倒入放涼後的咖啡攪拌讓糖溶解 ★ 註 2

4. 冰塊分兩次加入黑咖啡，先加一次攪拌融化

5. 冰塊稍微融化後，再倒入第二次冰塊 ★ 註 3

6. 挖一球冰淇淋放至玻璃杯口上

7. 撒些巧克力米，再擠些巧克力醬裝飾

★ 註 1 如果愛喝黑咖啡的也可以不加

★ 註 2 順時針滑動式攪拌，不要旋轉的

★ 註 3 此動作目的是讓第二次放進的冰塊不會太快融化

滿天星包著的一朵粉紅玫瑰，不協調的美麗吸引了路人的目光。

「妳是唯一且獨特的存在」捧著花的他站在昏黃路燈底下說著。

他說不同於外圍，中間玫瑰顯得優雅，是朵唯一且獨特的存在。

只是他不知道，這些花離開土壤後其實只剩下保鮮期正在倒數。

充滿幻想甜蜜的愛情，就像被泡泡包覆的兩人，

光線折射絢爛，雖然可愛，但敵不過強硬挫折，終將虛幻破滅。

「無法同等回應而感到愧疚。」

辣味：爭吵時撕扯對方自尊，卻在床上展開激烈。

《失敗的信物 #3》

高傲不可一世的自尊，野性絕不會屈服

~~對戒~~套住的愛情就像那帶著金箍的猴子

類型 C

辛辣系男子

執著孤獨的傲慢

對他來說，生活即是工作，工作是排在第一位的。因此穿著上顯得隨性，讓人懷疑是否有洗淨的襯衫，頭髮有些凌亂，臉上也不夠清爽，感覺總有刮不乾淨的鬍渣。對於男性化妝品，圍巾、配飾等東西沒什麼興趣。

不太適合送他和自己一樣的物品。有可能會因此破壞感情。不過，雖然對自身穿著不太重視，但由於重視工作。因此在工作相關用品上的花費毫不吝嗇，會追求最好、最新的工具。

對他們來說:「工作即生活。」兩者密不可分。

頭髮總有些凌亂,

臉上也不夠清爽,

時常出現刮不乾淨的鬍渣。

紅酒醋汁拌沙拉

沙拉能品嚐生菜最原始的滋味，倒入清香爽口的紅醋，
酸度恰到好處的開了空腹胃，這滋味喻得會鑽進心裡，
嚐過之後，也許會對下一次感到害怕，但絕對會想念。

食材

番茄 1/2 顆

紅洋蔥 1/4 顆

紅椒 1/2 顆

黑橄欖 4～8 顆

費達起司 2 大匙

小黃瓜 1 條

萵苣 1 株

奧勒岡 少許

巴西里末 少許

配料

特級橄欖油 60g

紅酒醋 20g

鹽 適量

胡椒 適量

作法

1. 將蔬果清洗後脫水

2. 番茄切成入口大小塊狀

3. 小黃瓜去皮後刨絲

4. 紅椒與紅洋蔥切成薄片狀 ★ 註 1

5. 奧勒岡逆著莖生長方向，把葉子拔下備用

6. 萵苣清洗後脫水，並撕成易入口大小

7. 製作醬汁，鹽胡椒紅酒醋攪拌混合 ★ 註 2

8. 加入橄欖油，搖晃均勻至乳化

9. 混合所有食材後盛盤

10. 撒上費達起司，巴西里碎末、奧勒岡葉裝飾

11. 最後淋上製作好的醬汁

★ 註 1　怕味道太重，可用冰水浸泡 5 分鐘去除嗆味

★ 註 2　也可調整成自己喜歡的口味

奶油濃湯淋炸雞

不修邊幅粗糙的存在，但獨特的香味卻總是能吸引目光，
即使知道吃完會後悔，依舊讓人想一口一口的不停吃光，
有沒有奶油濃湯作淋醬的炸雞，即使獨立存在也很合理。

食材

雞里肌 1 盒
鹽 1 小撮
鮮奶 少許
胡椒 少許
西洋香菜葉 少許

醬汁

紅蘿蔔 1/3 條
玉米罐 1/2 罐
玉米濃湯湯包 1 包
馬鈴薯 1 顆
地瓜粉 適量
鮮奶 50 cc
雞蛋 2 顆
黑胡椒粉 少許
西洋香菜葉 少許

作法

1. 雞里肌將筋剔除，一條里肌切約 3~4 塊
2. 切好的雞塊倒入鮮奶，蓋保鮮膜放冷藏半天
3. 取出冰箱中的雞肉，倒掉多餘的鮮奶湯汁
4. 鹽、胡椒、香菜葉適量加進碗中攪拌後醃漬
5. 倒入地瓜粉攪拌均勻至沒粒狀即可
6. 起油鍋油炸，金黃色後撈起
7. 紅蘿蔔洗淨切成碎末
8. 將馬鈴薯削皮芽眼去除後切塊再泡水 ★ 註 1
9. 將玉米濃湯倒入 600 cc 的水中攪拌均勻
10. 倒入紅蘿蔔、玉米、馬鈴薯，開微火烹煮
11. 紅蘿蔔、馬鈴薯軟了之後倒入鮮奶
12. 將蛋液倒入稍微煮一下
13. 灑上黑胡椒，西洋香菜葉即完成醬汁部分
14. 最後將醬汁淋上前面步驟炸好的雞塊

★ 註 1 此步驟是為了去除多餘澱粉，增加口感

辣味咖哩燉茄子

軟爛入味的茄子，田野的鮮味經過調理後口味卻漸趨成熟，
吃了幾口咖哩的甜味後，就會慢慢感受出其中夾帶的辣味，
開啟米飯的胃口與辛辣度的訓練是吃辣味咖哩的附加價值。

食 材

豬肉 400 g

茄子 1 條

洋蔥 1 粒

小番茄 1 碗

辣醬 1 匙

鬱金香粉 1 匙

鹽 適量

蔬菜精 少許

白酒 50ml

沙拉油 適量

荷蘭芹 適量

作 法

1. 切塊豬肉加入水、鬱金香粉、鹽一起煮 ★ 註 1

2. 煮 30 分鐘，偶而攪拌鍋底避免燒焦；煮好撈起

3. 茄子切厚片、洋蔥切月瓣形、番茄對半切片

4. 煎鍋中加入沙拉油熱鍋

5. 茄子先兩面沾油之後再放入鍋中煎

6. 煎茄子時一片片接觸鍋面，不可重疊

7. 中火煎至透明、柔軟、表面金黃時鏟出 ★ 註 2

8. 原鍋加入 3 大匙的沙拉油

9. 放入洋蔥拌炒至透明

10. 加入番茄繼續翻炒

11. 取出剛煮好備用的豬肉，放入鍋內

12. 加入辣醬、白酒、少許的水及煎好的茄子翻拌

13. 轉小火慢燉 15 分鐘，豬肉煮至夠軟為止

14. 最後用鹽巴與胡椒適量調味

15. 上桌前灑上荷蘭芹末與薄餅或米飯一起享用

★ 註 1　水量稍微蓋過豬肉即可

★ 註 2　油不需多，但鍋面必須保持油潤

泰式酸辣料理

原始辣度最美味，訓練辛辣耐受力，是必須學習的課題，
酸辣嗆鼻後味道卻互相平衡，搭配豐富食材開胃又滿足，
共享的過程，能讓每位分享到食物的人都感到完全飽食。

食材

洋蔥 1/4 個
鮮蝦 數尾
花枝 4 兩
番茄 數顆
芹菜 1 支
辣椒 2 支
蒜頭 2 粒
檸檬 1 顆
香菜 少許

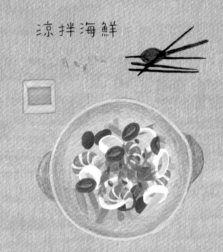

涼拌海鮮

調味料

辣椒醬 1 茶匙
糖 2 茶匙
檸檬汁 2 茶匙
魚露 2 茶匙

作 法

1. 蝦洗淨去殼留尾、去腸泥，中間劃刀備用

2. 花枝切圈狀，與蝦仁一起燙過

3. 蒜頭剁碎、香菜梗切末、辣椒切斜片

4. 檸檬皮洗淨削掉後切末，剩下的檸檬搾汁

5. 洋蔥切絲泡冰水去腥味跟嗆味

6. 小番茄洗淨橫切剖半

7. 芹菜去掉葉子拔絲，留中間嫩的部份切段

8. 將調味料中所有材料 1:1 調配拌勻成醬汁

9. 將所有食材丟入鍋中與醬汁一起拌勻

10. 拌勻後灑上香菜葉裝飾

食材

鱸魚 1 尾

香茅 2 條

檸檬 2 顆

辣椒 1 根

香菜 數支

蒜頭 數顆

調味料

白砂糖 2 大匙

魚露 1 大匙

泰式醬油 適量

作法

1. 鱸魚洗淨，置於盤中，抹上少許鹽巴和魚露去腥

2. 檸檬取 4 匙汁、其他切成檸檬圓片裝飾備用

3. 將檸檬汁和砂糖、魚露、泰式醬油拌勻

4. 加入蒜末與切末的辣椒，繼續拌勻成醬汁

5. 香茅切段後擺在鱸魚上入電鍋蒸 10 分鐘

6. 蒸熟後將香茅丟棄，盤中的湯汁倒掉

7. 淋上調好的醬汁，再入鍋蒸 3 分鐘入味

8. 取出後灑上香菜末和檸檬片裝飾

清蒸檸檬魚

食材

豬絞肉 200g

九層塔 30g

蒜頭 10 瓣

大辣椒 1 條

高湯 少許

檸檬汁 少許

醬油 2 匙

魚露 1 匙

蠔油 2 匙

作法

1. 將蒜頭與辣椒剁成碎末

2. 油溫拉高，用中大火將豬絞肉炒出香味

3. 加入蒜與辣椒末繼續炒出香味

4. 再加入醬油、魚露、蠔油持續翻炒

5. 炒出香味並且鍋子呈現快乾的狀態

6. 加入少許高湯熬點醬汁

7. 熄火後加進九層塔拌炒一下即可

8. 上桌前再灑上一點檸檬汁

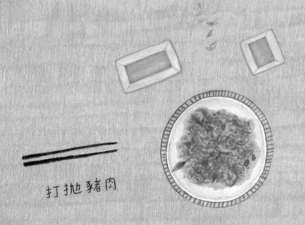

打拋豬肉

椰香榴槤蛋糕卷

不是人人熱愛，但那滋味嚐過後就好像被植入腦海，
一層層的滲透進入大腦，直到佔據腦中的記憶區塊，
榴槤的獨特香味豐富了味蕾，留下夢繞魂牽的誘惑。

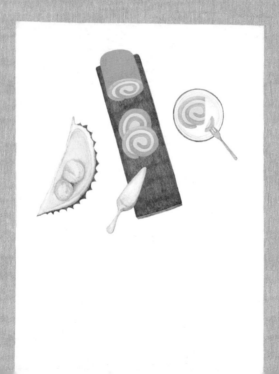

食 材

蛋黃 5 顆

低筋麵粉 80g

玉米粉 20g

牛奶 30ml

細砂糖 65g

奶油 40g

椰子絲 適量

內 餡

榴槤 160g

動物性鮮奶油 80g

糖粉 8g

萊姆酒 適量

作 法

1. 蛋白打至粗泡，分三次加砂糖後繼續攪打 ★ 註 1

2. 接著分次將蛋黃加入，高速攪拌至蓬鬆有摺疊痕跡

3. 再使用低速攪拌約 30 秒讓蛋糊更均勻、細緻

4. 將牛奶倒入蛋糊中，用打蛋器輕輕攪拌均勻

5. 粉類皆先過篩再分三次以濾網均勻過篩進蛋糊中

6. 打蛋器以旋轉的方式攪拌，將鋼盆邊緣的粉也混合均勻

7. 加入奶油後，再將刮刀由下往上，右手攪左手轉盆拌均

8. 麵糊攪拌好避免顆粒，隨後放入擠花袋中

9. 擠花袋在烤焙紙上擠成線條，並在表面撒上椰子絲

10. 送入烤箱以 180°c 的溫度烘烤約 15 分鐘

11. 烤盤拿出，輕拉烤焙紙拖出蛋糕放於層架上

12. 四邊烤焙紙撕開散熱，放涼 5 分鐘

13. 替換烘焙紙，舊的撕下蓋蛋糕上，等待冷卻

14. 鮮奶油加糖粉放入鍋內隔冰水打發 ★ 註 2

15. 加一瓶蓋的萊姆酒後攪拌均勻

16. 加 170g 的榴槤果肉，繼續拌攪成榴槤奶油餡

17. 撕去蓋在蛋糕上的紙，平均鋪上奶油內餡並捲起

18. 捲後再將紙張包覆緊密些，讓蛋糕卷稍微紮實

19. 兩側紙張也捲緊後放冰箱冷藏 ★ 註 3

20. 冰箱冷藏後一小時再拿出切片即可

★ 註 1 有明顯紋路，呈柔細且鳥嘴霜狀，倒翻不流動即可

★ 註 2 先以慢速後轉快速攪打，至紋路明顯且不流動即可

★ 註 3 捲緊時會呈現糖果包裝的樣子

印度香料奶茶

水煮茶葉的過程，加入鮮奶小火熬煮，辛香味充滿空氣，
味道濃亮襲人，溫暖辛香的迷魅滋味足以讓人傾倒陶醉，
食材需精挑細選，沖煮過程磨練耐心，才能熬出馥郁香。

食 材

阿薩姆紅茶 20g

黑糖 適量

全脂鮮奶 700ml

老薑 1 小條

全粒黑胡椒 4 粒

肉桂棒 1 根

肉荳蔻 1 粒

小荳蔻 3 粒

丁香 4 個

大茴香 4 小瓣

小茴香 1 茶匙

作 法

1. 老薑切碎

2. 肉桂棒折成數段

3. 肉荳蔻、小荳蔻、丁香、大茴香、小茴香磨碎

4. 鮮奶、紅茶葉分別並以小火煮滾

5. 鮮奶煮滾至減成 500c.c. 的量，增加濃郁感

6. 鮮奶煮好後放入紅茶及香料

7. 用木杓攪拌約 20 分鐘

8. 加入糖繼續攪拌均勻即可

9. 使用細網濾杓過濾茶葉與香料，口感更滑順

沒有不變的萬物，但變得最突然的是感情。
愛情醞釀發酵後，我們彼此坦誠了，
在初次見面時都包裝過自己，
並假扮成想讓對方喜歡的人。

高傲強勢固執

所以當想像重疊上真實相處之後，
在很長的磨合期後遇上人生路口，
改變對方，不如調整自己。
在繁星中，若選擇了彼此，
我將會嘗試不再憧憬愛情，
只願思想還能化作蝴蝶自由來去。

敢任性隨意的我

「改變，願意嗎？」

鹹味：緊握雙手的兩人，互相貼近彼此流下汗水。

《失敗的信物 #4》

兩張電影票卷，以為可以更鞏固兩人世界

短暫甜蜜，卻是預支你想節儉建立的未來

類型 D

温鹹系男子

謹慎的堅持原則

　　個性上樸實謹慎，在穿著
上偏好樸素，中規中矩，不
會刻意追求流行，亦不會追
求名牌精品等高級品或奢侈
品，甚至對於這類東西偶有
厭惡感。平日穿著大多是休
閒褲搭配素色上衣。

　　關於個人用品，認為簡單
耐用就好。金錢管控上，量
入為出，不會過度舖張，會
規劃預算來經營生活。很有
時間概念，會將時間規劃記
錄在行事曆內，約會時會遵
守約定時間，遲到了會狂奔、
拼命趕到的類型。

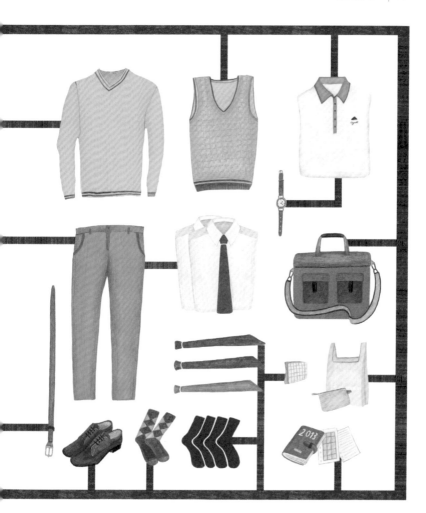

個性極為謹慎，因此無論做任何事情，
會經過審慎評估才行動，慎重型男人。

涼拌綠竹筍

竹筍樸素的外表卻鮮甜、清爽、消暑、纖維質高,好處之多,
搭配鹹中帶甘的醇釀醬油,即使簡易的涼拌,也能吃出甘甜,
有著不至於會印象深刻的平凡氣質,但永遠會記得他的優點。

食材

綠竹筍 數支

醬料

芝麻醬 2 匙

醋 1 匙

糖 1 匙

醬油 1 匙

鹽 1 撮

白芝麻 少許

作法

1. 將竹筍洗淨連殼橫放進電鍋蒸熟

2. 內鍋加水至竹筍高度的一半

3. 電鍋外鍋加一杯水，需蒸 2 次

4. 竹筍撈起放涼

5. 竹筍去殼，削掉粗的筍皮及纖維粗的部分

6. 處理好的竹筍切入口大小

7. 芝麻醬以 3 大匙冷開水調勻

8. 加入醋、糖、鹽、醬油拌勻

9. 調勻的醬料淋於竹筍上，灑少許白芝麻

芝麻貝果

溫潤烘烤後有著紮實的外皮、耐嚼的口感，越嚼越香，
低調的芝麻嚼後香會越濃，芝麻顆粒更增添了口感，
厚實的存在讓人放心，擁有安全感，吃多也不覺罪惡。

中 種 麵 糰

高筋麵粉 120g

水 70g

乾酵母 4g

主 麵 糰

高筋麵粉 280g

水 120g

糖 30g

鹽 少許

奶油 30g

配料

黑白芝麻 適量

作法

1. 將中種麵糰材料全部拌勻

2. 拌勻後將麵糰發酵成兩倍，約 50 分鐘

3. 發酵完與主麵糰麵粉、鹽、糖、水攪拌至光滑

4. 加入奶油繼續攪拌至拉出薄膜狀

5. 放進黑白芝麻揉拌均勻，蓋上鋼盆醒 15 分鐘

6. 分割成一個約 80g 的滾圓狀

7. 將分塊的麵團搓成長條，並將兩端相扣

8. 排於烤盤上做最後發酵，約 30 分鐘

9. 備一鍋滾水加入 1 大匙糖

10. 將發酵好的貝果汆燙 20 秒即可

11. 用漏勺撈出瀝乾水分，並排放置烤盤中

12. 烤箱預熱後，將排放好貝果的烤盤放入烤箱

13. 上下火 200°c 烤 15 分鐘

14. 取出後可搭配果醬或奶油食用

鮮蔬燉飯

粒粒分明卻又軟嫩的燉飯，散發著陣陣鮮蔬香氣，
蔬菜的甜潤被保留其中，而豐盛滋味在口中綻放，
做法簡單不顯複雜，卻擁有十足的營養與飽足感。

食 材

去骨雞腿肉 1 片

青豆 4 顆

蒜頭 1 瓣

洋蔥 1 把

香菇 數朵

生米 1¼ 杯

南瓜 1 把

茭白筍 1 把

玉米筍 2 支

紅蘿蔔 ½ 把

花椰菜 1 把

鹽 少許

油 少許

作 法

1. 去骨雞腿肉、南瓜、茭白筍、玉米筍切丁

2. 蒜頭切碎末，紅蘿蔔、香菇切塊

3. 洋蔥切絲泡冰水去嗆味

4. 花椰菜切小朵，差不多入口大小

5. 將米浸泡於等同米量的水中備用

6. 炒鍋加點油熱鍋，蒜末、洋蔥絲依序下鍋炒香

7. 加入雞肉，炒至略熟後鏟起，移至燉鍋內備用

8. 加入南瓜、香菇、紅蘿蔔炒香

9. 米從水中濾出後，加入炒鍋內一起炒勻 ★ 註 1

10. 表面略熟後，將鍋中的食材鏟入燉鍋內稍微攪拌

11. 加些許水後，蓋上鍋蓋，以中小火煮開 ★ 註 2

12. 等燉鍋食材煮滾的同時，炒鍋再次加點油熱鍋

13. 茭白筍、花椰菜及玉米筍入油鍋略炒熱

14. 將炒好的蔬菜加入燉鍋內，與原本食材拌勻

15. 繼續蓋上鍋蓋以小火燜煮至米飯熟，關火

16. 熄火後燜 10 分鐘再打開鍋蓋

17. 灑上少許的鹽調味，再輕翻攪拌均勻即可

★ 註 1 濾出後可將剩餘的水倒入燉鍋內備用

★ 註 2 水無需多加，後續步驟中食材將會再出水

客家傳統菜餚

節儉、惜物而發展出口味重、保存耐久的飲食文化，
每道料理處處反映勤奮堅苦，刻苦耐勞的生活哲學，
共享的不是飲食，而是藉飲食傳承勤儉精神的美德。

食 材

苦瓜 1 條

蒜頭 1 顆

鹹蛋 2 個

作 法

1. 苦瓜切半去囊去籽後切片

2. 鹹蛋的蛋黃和蛋白分開，蛋白需切碎

3. 煮一鍋滾水加入油與鹽 ★ 註 1

4. 切好片的苦瓜用滾水燙至微軟後瀝乾 ★ 註 2

5. 鍋中放入 2 大匙油燒熱

6. 蒜頭切碎末後放入鍋中爆香

7. 鹹蛋先蛋黃入鍋翻炒，炒至起黃色小泡

8. 蛋白入鍋拌炒，再加入瀝乾後的苦瓜拌炒均勻。

9. 加入適量的水烹煮並收汁

10. 確定讓苦瓜都沾有鹹蛋後起鍋即可

★ 註 1　加些油才不會讓苦瓜入炒鍋後狂吸油
★ 註 2　燙過會較快熟之外，也比較不容易苦

鹹蛋苦瓜

食 材	作 法
鹽 少許	1. 五花肉切片、豆干切長片，蝦米泡米酒備用
油 少許	2. 乾魷魚泡熱鹽水 2 小時，洗淨切細長條
五花肉 300g	3. 芹菜切成段狀備用
青蔥 3 支	4. 用一匙油熱鍋，加入五花肉煸炒至略有焦色
蝦米 1 匙	5. 放入豆干續炒片刻
魷魚 1 條	6. 再放入蝦米、辣椒、鹽拌勻炒香後撈出
芹菜 1 把	7. 鍋子餘油爆香紅蔥頭、蒜末至金黃色，撈出備用
蒜末 1 匙	8. 換魷魚入鍋翻炒，炒至香嗿後倒入米酒翻炒
紅蔥頭 1 匙	9. 再將之前撈出的食材全下鍋一起拌炒
豆干 6 個	10. 放入蔥與醬油膏繼續拌勻
辣椒 適量	11. 拌勻後再入芹菜略炒，撈出盛盤
米酒 1 匙	
糖 少許	
醬油膏 2 匙	

客家小炒

食材

生湯圓 1 斤
香菇 10 朵
蝦仁 適量
豬絞肉 適量
油菜 適量
香菜 適量

調味料

油蔥酥 適量
胡椒粉 少許
鹽巴 少許
雞湯塊 ½ 塊

作法

1. 香菇切絲，蝦仁入油鍋一同爆香
2. 加入豬絞肉炒香
3. 油菜洗淨切段備用
4. 冷水煮滾後加入雞湯塊拌勻
5. 滾水將湯圓汆燙至七分熟後撈起
6. 另起鍋加入水、油菜與七分熟的湯圓繼續煮滾
7. 最後加入胡椒粉、鹽巴、油蔥酥調味

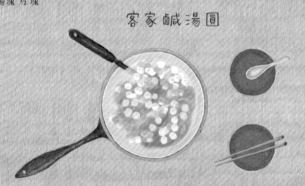

客家鹹湯圓

花生豆花

入口即化的綿密豆花、滾到軟綿的花生，
親和的外表卻是慢火熬燉後才有的口感，
不引人注意的慢慢透出淡淡的自然清甜。

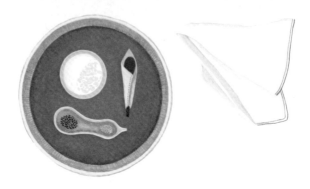

食 材

黃豆 350 克

豆花粉 1 包

花生 適量

小蘇打粉 少許

砂糖 適量

★ 註 1　使用調理機會更佳

★ 註 2　可聞到生豆味變豆漿味

★ 註 3　利用水的衝力混合均勻

★ 註 4　此動作讓豆花更細緻

★ 註 5　放隔夜豆花凝固較結實

★ 註 6　想吃熱的就不需要冰

★ 註 7　生花生泡一晚皮較好剝

作 法

1. 黃豆浸泡 5 小時

2. 泡軟黃豆加水 1000c.c.，果汁機打成生黃豆漿

3. 布袋分離豆渣，濾出豆漿　★ 註 1

4. 慢慢加 1500c.c. 水進布袋，盡量把豆漿擠出

5. 濾出豆漿用小火煮滾，撈起表面的泡泡　★ 註 2

6. 用乾淨的鍋子，將涼水 500c.c. 跟豆花粉調勻

7. 距離 50 公分的方式，沖入滾燙好的豆漿　★ 註 3

8. 沖入後 1 分鐘內蔽打容器，將小氣泡消除　★ 註 4

9. 靜放約 10 分鐘，豆花就會開始凝固成型　★ 註 5

10. 放涼後先放進冰箱冷藏　★ 註 6

11. 等待豆花時，先製作花生湯

12. 生花生粒對半撥開，去掉核心　★ 註 7

13. 讓花生仁帶一點水，放入冰箱冷凍，較易煮爛

14. 凍好的花生仁，加些許水與一小撮蘇打粉輕拌

15. 放入電鍋蒸至適當的軟硬即可拿出備用

16. 接著另起熱鍋，將糖入鍋乾炒，炒溶化成焦糖

17. 變焦糖後依個人甜度喜好加入水，煮成糖水

18. 將凝固的豆花加入煮爛的花生與糖水

黑糖薑茶

淡雅回甘的黑糖甜味，以及薑汁暖口的滋味，
順喉不突兀的立即暖心，不會讓人難以忘懷，
卻會在不知不覺中每天習慣泡上一杯暖暖手。

食 材

老薑 20 克

黑糖 30 克

水 500 毫升

作 法

1. 老薑洗淨不必去皮，切薄片，加水煮滾

2. 水滾後轉小火煮 10 ~ 15 分鐘，將薑撈除

3. 加入黑糖煮至融化即可　★ 註 1

★ 註 1　喜歡辣一點可煮久一點，或薑多放一些

節儉家庭的日常：

父親充滿歲月的手是萬能的，沒有修不好的物品；
母親粗糙觸感的手是神奇的，沒有不好吃的食物；
沒有特別裝潢，平凡但乾淨堅固而感到安心的家。

父母的偉大就是，將自身璀璨光芒全力的投射而成就了家，
謝謝轉移到我身上的星光，讓我在黑暗時不至於感到害怕。

「謝謝付出，我愛你們。」

酸味：耀眼的對方卻無法獨佔，心底醞釀著嫉妒。

《失敗的信物 #5》

你是樂於分享自身溫暖光芒的大太陽

而我卻希望你是 ~~小蛋糕~~ 上唯一的蠟燭

類型 E

酸誘系男子

爽朗陽光的男孩

　　在他的生活裡，與朋友相
處是重要的一環。他個性樂
觀開朗，喜歡與人相處，經
常呼朋引伴一起出遊。因此
穿搭大多以簡單與行動方便
為主。平日的打扮通常是休
閒短褲配上 T-Shirt，背個運
動背包，最多再加頂鴨舌帽。

　　特別的是，由於熱愛戶外
運動，因此無論是運動鞋、
背包或是運動用具等，總會
將自己用品準備完善，甚
至就連隨身攜帶的錢包，也
是運動款式的。

樂觀開朗、跟每個人都能變成朋友，
喜歡玩笑嬉鬧，經常呼朋引伴出遊。

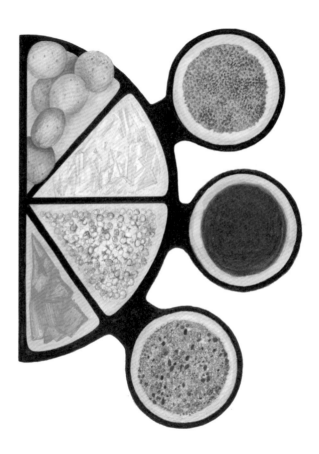

酸辣雲南薄片

肥肉不少，入口卻油膩全無，鮮甜脆口的肉質，
彈牙軟嫩的口感，搭配酸辣的醬汁，清爽開胃，
爆香調味後是適合大伙歡聚小酌時下酒的配菜。

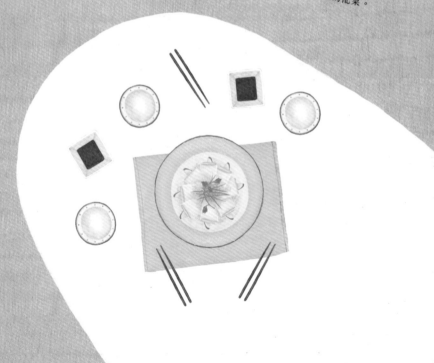

食材

梅花肉薄片 10 片

洋蔥 ½ 顆

小黃瓜 ½ 條

香菜 少許

蒜末 2 顆

豆酥 少許

白芝麻 適量

七味粉 少許

辣油 少許

泰式酸辣醬 2 匙

新鮮檸檬汁 數滴

作法

1. 先將五花肉片氽燙過

2. 放入冰塊水裡冰鎮一下備用

3. 洋蔥切細絲泡水，小黃瓜刨斜薄片

4. 蒜頭切細末，香菜洗淨備用

5. 少許油熱鍋，蒜末及豆酥慢炒至焦香後撈起

6. 洋蔥絲與黃瓜片加入適量酸辣醬後拌均

7. 拌勻後放入盤中後加些香菜

8. 五花肉片疊放至上層

9. 淋上泰式酸辣醬、辣油，再擠些新鮮檸檬汁

10. 灑上白芝麻與些許七味粉

11. 將爆香後的蒜香豆酥鋪在肉片最上層

酥炸金黃脆薯

剛炸起的外皮金黃酥脆，濃郁馬鈴薯香味四溢，
可依喜好選擇口味搭配醬料，滋味在嘴裡散發，
簡單料理卻厚實香濃的口感是人見人愛的美食。

食 材

馬鈴薯 3 顆

油 2 匙

鹽 適量

配 料

海苔粉 適量

番茄醬 適量

蜂蜜芥末醬 適量

作 法

1. 馬鈴薯去皮切成細條狀

2. 水加入 2 匙鹽，攪拌成鹽水

3. 馬鈴薯泡入鹽水，水量剛好蓋過後泡 30 分鐘

4. 取出後用餐巾紙稍微吸乾水份，以免下鍋油爆

5. 中火將油熱至冒大泡泡，轉小火將馬鈴薯放入

6. 過程中用筷子稍微翻弄以免黏鍋

7. 炸到馬鈴薯呈現半透明軟化時撈起

8. 轉大火後等待 20 ~ 30 秒

9. 再次放入馬鈴薯翻炸 ★ 註 1

10. 邊翻弄邊炸至變色，酥脆就可撈起

11. 撈起的薯條鋪盤於餐巾紙上吸油

12. 之後依個人口味選擇沾醬

★ 註 1　此目的是把油逼出，回鍋也會使薯條酥脆

西班牙海鮮燉飯

高湯被鎖在米飯中，番紅花的香染黃了一鍋，
滿滿各式海鮮的繁華盛景，熱鬧又充滿魅力，
程序雖簡單，卻需要豐富經驗才能做好料理。

食材

墨魚 1 隻

蛤蜊 1 碗

大蒜 5 瓣

白蝦 6 尾

洋蔥 ¼ 顆

彩椒 ¼ 顆

花椰菜 ¾ 碗

白酒 1 碗

義大利米 1 杯

香菜 1 把

番紅花 1 撮

平葉巴西里 1 把

煙燻紅椒粉 2 匙

檸檬汁 少許

柴魚片 適量

海鹽 適量

作 法

1. 蛤蜊先泡水吐砂

2. 蝦子剪開背部去腸泥，將太長的頭鬚剪斷

3. 墨魚去皮去內臟，墨魚肉切成圈狀

4. 洋蔥彩椒切丁處理

5. 香菜葉與莖分開，莖切成小段，大蒜拍碎切末

6. 800g 水加入柴魚片和番紅花熬高湯，關小火保溫

7. 熱鍋炒香蒜末後放洋蔥，炒至表面呈現金黃色

8. 加入蔬菜丁，葉子可先保留，先放梗進鍋裡翻炒

9. 放入 2 小匙紅椒粉並炒開拌勻

10. 再加入義大利米翻炒拌勻

11. 少許鬱金香粉調味，將米粒染成金黃色澤 ★ 註 1

12. 接著放入白酒，開大火翻炒至酒精揮發

13. 逐次加入 2 匙高湯並攪拌到收汁，反覆約 6 ～ 7 次

14. 最後均勻排入綠花椰菜、蛤蜊、白蝦

15. 蓋上鍋蓋轉中火，等 2 分鐘後燜火燜約 3 ～ 5 分鐘

16. 上桌前撒上香菜裝飾，並擠上檸檬汁即可

★ 註 1 義大利米不用先洗，可以直接加入翻炒拌勻

韓式家常料理

做法簡單、辛香佐料讓人吃著過癮，
紅辣辣的色澤更顯聚餐氛圍的熱鬧，
豐富且多樣化，料理分享的是快樂。

食材

洋蔥 1 顆

馬鈴薯 1 顆

煙燻熱狗 3 根

蒜頭 5 顆

紅蘿蔔 ½ 根

罐頭肉 ½ 罐

花枝 200g

蝦仁 200g

韓式年糕 200g

鳥蛋 200g

油豆腐 200g

新鮮菇類 200g

韓國拉麵 2 包

蔥花 少許

韓式辣醬 少許

起司片 適量

泡菜 適量

作法

1. 洋蔥與蘿蔔切絲,蒜頭切細末

2. 將以上的料放入淺底的大鍋

3. 倒入約 1000 ~ 1200cc 的水煮滾 ★ 註 1

4. 煮滾後加拉麵調味包和韓國辣椒醬當湯底備用

5. 將要加入的食材切成一口大小 ★ 註 2

6. 沿著鍋邊放入食材並蓋上鍋蓋將食材煮熟

7. 確定食材煮熟後,鍋子中間放入韓國拉麵

8. 等麵吸湯變軟後放上起司,蓋上鍋蓋稍微燜過

9. 上桌前撒上蔥花後就完成了

韓式部隊鍋

★ 註 1 水量可視鍋子深度做變化

★ 註 2 加入煙燻味的火腿熱狗,可使湯頭更有風味

食 材	作 法
韓式冬粉 200g	1. 豬絞肉以 2 大匙醬油、少許鹽巴先醃過
白芝麻 適量	2. 香菇、木耳洗淨切片，蔥切小段
豬絞肉 適量	3. 紅蘿蔔、青木瓜洗淨削皮切成細絲
香菇 適量	4. 青木瓜絲用少許鹽搓揉過，等 10 分鐘再洗去鹽
木耳 適量	5. 煮一鍋滾水，放入韓式冬粉煮約 5 分鐘
紅蘿蔔 適量	6. 撈起冬粉用冷水沖洗，洗完瀝乾水分
蔥 適量	7. 瀝乾後的冬粉倒入些許麻油拌過
青木瓜絲 適量	8. 另起一鍋滾水，將紅蘿蔔絲燙熟，撈起放旁
麻油 少許	9. 起熱鍋，以麻油爆香蔥白部分
醬油 4 大匙	10. 丟入絞肉、香菇、木耳、紅蘿蔔繼續拌炒
魚露 1 小匙	11. 以 2 大匙醬油調味，拌炒所有食材
鹽 少許	12. 熟了之後熄火，放入蔥綠部分，加些許魚露調味
	13. 將炒好的食材倒於冬粉上，用乾淨的手拌勻
	14. 依個人喜好酌加少許醬油調味
	15. 上桌前於上層裝飾青木瓜絲與白芝麻

涼拌冬粉

丸子材料

花枝條 30g

蝦仁 30g

蛤蜊肉 20g

鮮蚵 30g

魚片 30g

肉片 30g

火腿片 20g

韭黃 80g

麵 糊

煎餅粉 100g

水 少許

醬汁

韓式辣椒粉 1 茶匙

黑麻油 1 茶匙

平葉巴西里 1 把

醬油 1 匙

煙燻紅椒粉 2 匙

檸檬汁 少許

糖 少許

蔥 少許

海鹽 適量

作 法

1. 蝦仁洗淨去腸泥、鮮蚵洗淨瀝乾、韭黃洗淨切段

2. 煎餅粉倒入缽中，慢慢加水攪拌均勻至液體狀

3. 加配料至煎餅粉液中拌成糊狀，即為海鮮麵糊

4. 取一平底鍋，倒入適量沙拉油熱鍋

5. 加入什錦海鮮麵糊，鋪平且保持適中厚度

6. 用小火煎至雙面皆金黃熟透即可

7. 撈起後備用，並開始製作醬汁部分

8. 將醬油、韓式辣椒粉、黑麻油、糖混合拌勻

9. 醬汁裝碗並撒上蔥花，放於煎餅旁當作沾醬使用

海鮮煎餅

蜂蜜蛋糕

濃郁的蜂蜜及蛋香，細膩濕潤的組合，
黃潤潤誘人的色澤，連蜜蜂都會愛上，
濃郁口感，搭配咖啡或茶都非常合適。

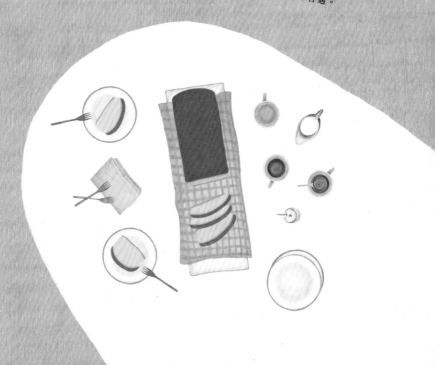

食 材

蛋 400g

細砂糖 300g

蜂蜜 75g

低筋麵粉 250g

牛奶 75g

鹽 1 匙

蛋糕模型盒 1 個 ★ 註 1

作 法

1. 將牛奶加熱至微溫時加入蜂蜜並攪拌均勻後備用

2. 蛋打散後糖放入蛋液中，打蛋器高速打 10 分鐘

3. 加入剛加熱的蜂蜜牛奶，再打 1 ~ 2 分鐘

4. 低筋麵粉過篩 2 次

5. 過篩麵粉分 2 ~ 3 次加入，用中速混合 3 分鐘

6. 攪拌頭在麵糊上畫圈，如有明顯形狀表示已打發

7. 接著在木盒模型底部及四周鋪上一層烘培紙

8. 木盒模型底部再多墊 2 張瓦愣紙 ★ 註 2

9. 將麵糊從高處倒入木盒模型中

10. 刮刀在麵糊上縱橫切泡，用刮板在表面切壓消泡

11. 烤箱預熱 170°c ~ 180°c，將模型置於烤箱上層

12. 烤 2 分鐘之後取出切泡，重複此切泡動作 3 次

13. 切泡完後再烤 8 ~ 10 分鐘

14. 烤箱降溫到 150°c ~ 160°c，再烤大約 70 分鐘

15. 出爐後在表面包張烤盤紙，立即倒扣並取下烤模

16. 待涼後再撕下烤盤紙

17. 用保鮮盒裝好放冰箱靜置一晚，口感會更好吃

★ 註 1 若手邊沒有模型盒，可用瓦愣紙盒來製作

★ 註 2 多墊 2 張瓦愣紙主要是預防底部燒焦使用

水果茶

新鮮香氣與甘甜口感完整保留了滑順潤口，
滋味酸酸卻又帶點甜甜，紅得像臉頰潮紅，
多變的水果茶有獨特芳香，卻不適合獨享。

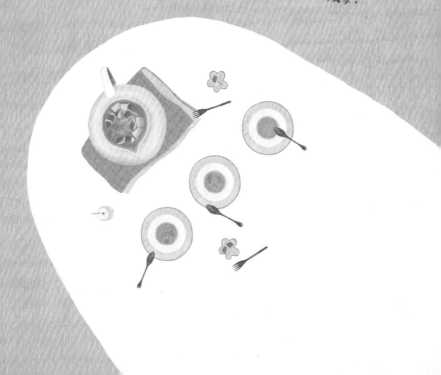

食 材

草莓果醬 1 匙

百香果原汁 2 匙

橘子果醬 1 匙

檸檬汁 1 匙

紅茶包 1 包

蘋果 1 片

奇異果 ½ 顆

砂糖或蜂蜜 適量

作 法

1. 蘋果和奇異果切丁

2. 煮 500ml 滾水

3. 加入果醬、百香果原汁、檸檬汁後攪拌

4. 果醬汁都確定拌勻後熄火

5. 茶壺內放入紅茶包

6. 沖入煮好的果醬汁後靜置 2 分鐘

7. 2 分鐘後將水果丁加入沖泡好的果茶

8. 依個人口味添加適量砂糖或蜂蜜

9. 趁熱或放涼飲用皆適宜

說了喜歡但態度是朋友，這樣的關係是秘密；單戀的愛不成立，不公開說愛的情也不成立，

記憶中他的臉已漸趨模糊，只記得對著螢幕等待訊息時，黑幕反射出憔悴的模樣，

原本平靜生活也因此開始起了漣漪，不喜歡變得太在意枝微末節的自己。

他對我很好，但對每個人也都好，好好先生的時間永遠是被分割的，

在我嘗試爭取之後，看見你的為難，也看清自己的底線，

曖昧之後，如果只得到寂寞，寧願選擇結束。

「希望你幸福。」

想知道對方是哪類型的男子系料理，
可以藉著三個簡短的心理測驗辨別，
從生活細節裡觀察屬於他的類型後，
接下來就請準備好品嚐自己的菜吧。

我的戀人味道？

1. 測驗共分三類，各 10 題，共 30 題，最高得分為 150 分。

2. 每題計分方式分為三種，代表男人對於問題的反應程度。

3. 分數並非代表好壞，而是依照不同分數來判斷結果類型。

4. 答案計分為 5 分、3 分、1 分。

在餐廳約會時的模樣？

這部分所要觀察的是男人用餐時的習慣，
在餐桌時不自覺的小動作便可看出個性，
微小的習慣就能推測出他屬於哪種類型。

1   當妳在下廚時，他是否會幫妳的忙呢？

A. 會說要幫我，甚至說要由他來做給我吃   5

B. 不會主動幫我，或沒特別反應   3

C. 經常說，我們去外面吃吧   1

2   在用餐之前，他會擦拭餐具嗎？

A. 會把餐具仔細的擦乾淨   5

B. 直接使用餐具   3

C. 總是主動的把自己跟我的餐具都擦拭乾淨   1

3   用餐時，他拿取食物的動作是如何？

A. 小心翼翼的，不會讓湯汁濺出碗盤   5

B. 自顧自地夾，不太在意其他人   3

C. 會顧慮到旁人，樂於替別人夾菜   1

4 　　　用餐時，他吃飯的速度如何？

　　　A. 不疾不徐、從容的吃　5

　　　B. 經常吃得很快，想盡快結束用餐　3

　　　C. 配合旁人調整自己的吃飯速度　1

5 　　　他用餐完畢後，桌上使用過的餐具總是呈現？

　　　A. 簡潔，乾淨的　5

　　　B. 桌上是一團亂的　3

　　　C. 他不僅收拾自己的部分，也會幫別人收拾好　1

6　　　　他是否經常有跟朋友或同事等聚餐的活動呢？

　　　　A. 偶而會，但通常是我們兩個人吃　5

　　　　B. 極少，甚至喜歡自己一個人吃　3

　　　　C. 聚會很多，總是主動找朋友一起聚餐　1

7　　　　你們去西式餐廳用餐時，他是否會替妳拉椅子呢？

　　　　A. 會，讓我覺得備受寵愛　5

　　　　B. 不會，總是自顧自地坐下來　3

　　　　C. 偶而會，但不常　1

8　　　　在西餐廳坐下來之後，他的坐姿通常呈現？

　　　　A. 坐得挺，且給人一種安適自在的感覺　5

　　　　B. 隨意亂坐，倚靠在椅背上，有時像是攤在那　3

　　　　C. 在餐廳總是很嚴謹，雙臂會夾在身體兩側　1

9　　　　在西餐廳吃飯遇到排餐時，他是否會幫妳服務呢？

　　　　A. 會詢問是否要幫忙，讓我可以吃得更方便　5

　　　　B. 從來不會幫我切，都是自己處理　3

　　　　C. 主動的說要切，像是要展現刀工一樣　1

10　　　用餐完畢，若是由他付帳時，從哪裡拿出錢包呢？

　　　　A. 從隨身包中的皮夾拿　5

　　　　B. 從褲子口袋中的皮夾拿　3

　　　　C. 到處找錢包，有時有點糗　1

他有哪些生活習慣呢？

這部分我們要觀察的是男人日常生活的習慣，
不論是長時間累積的慣性動作或是天生個性，
回憶平常相處，試著從細節找出他的特性吧。

1　出門前妳在準備時，他等妳的態度是？

　　A. 他會耐心的等我，即使我拖時間了也不會催促　　5

　　B. 在等我時會不耐煩地催促我，希望我別拖時間　　3

　　C. 會默默的等待，但希望事情能在時間內完成　　1

2　當你們一起在等待交通工具時，他通常會有的舉止？

　　A. 關注在我身上，聽我說話或著嘗試與我交談　　5

　　B. 觀察四周的事情，想要吸收新知識　　3

　　C. 靜靜地沒有太多動作，一直觀察交通工具是否來了　　1

3　並肩走在路上時，兩個人的互動情況如何呢？

　　A. 他總是要我走在內側，替我注意路上的情況　　5

　　B. 像哥們般與我一起走著，偶而還會嘻笑玩鬧　　3

　　C. 我們走路時沒有太多互動，有時各做各的事　　1

4　　　走在路上時，他是否會主動幫妳拿東西呢？

　　　　A. 主動的詢問我是否需要幫忙，減輕我的負擔　5

　　　　B. 不會主動替我拿東西　3

　　　　C. 無論物品的大小，總是說要幫我拿　1

5　　　妳在路上看到心儀的小東西時，他的反應是？

　　　　A. 陪著一起看，如果他也喜歡會大方地給予認同　5

　　　　B. 偶而會停下來陪我看，但經常催促動作快點　3

　　　　C. 沒有特別的意見，我想看時他就陪我看　1

6　　　中午時分，你們坐在餐廳對話時，他的態度？

　　　A. 會用溫柔的眼神看著我，專注的聽我說話　5

　　　B. 會用認真的眼神直視，像是要我非聽他說不可　3

　　　C. 偶而會有些放空，眼神稍微游移　1

7　　　你們交談時，他說話的節奏如何？

　　　A. 說話的速度和緩　5

　　　B. 很急促，有時像機關槍會讓人感到壓力　3

　　　C. 不急不緩，偶而會若有所思的停頓　1

8　　　離開餐廳時，他是否會替妳把門推開呢？

　　　A. 會走前頭，幫我把門打開，同時注意外面的狀況　5

　　　B. 不太會注意到這點，認為我自己開就好　3

　　　C. 主動替我開門，因為覺得這是基本禮儀　1

9　　　回到街上走路時，他是否會牽妳的手？

A. 總是主動牽手　5

B. 他不習慣牽手　3

C. 公共場合不會，會因害羞而不敢牽　1

10　　　如果要規劃一趟旅遊，彼此間的意見是？

A. 行程上以我的意見為主，但也會提出想法討論　5

B. 尊重我的行程，但希望出遊是有明確目的　3

C. 不太有想法，覺得我喜歡就好　1

偏好的穿著風格類型？

這部分是觀察男人在生活裡對使用物品的偏好，
服飾以及生活配件的選擇可以反應出內在想法，
細心觀察他的穿著，找出他偏好與慣用的物品。

1   平常日準備出門上班時，他服飾的狀況是？

A. 有熨燙的習慣，所以衣服摺線乾淨整齊　5

B. 皺巴巴，很像昨晚剛洗好就直接塞衣櫃　3

C. 摺線不明顯，不過還算乾淨、平整　1

2   他有在身上使用配件的習慣嗎？

A. 會，希望能夠突顯自己的品味　5

B. 不會配戴　3

C. 有配戴通常僅為了禮貌或實用需求　1

3   承上題，配件通常是什麼類型或樣式？

A. 喜歡名牌或有設計感的，帶有質感很重要　5

B. 嫌麻煩，所以不做任何搭配　3

C. 樸實簡單的素色配飾　1

4 出門前他是否會修整自己的毛髮與鬍鬚呢？

   A. 會整理頭髮並刮鬍，使自己看起來有型　5

   B. 不太整理頭髮，經常有些凌亂，鬍子久久刮一次　3

   C. 沒有特別的造型，但看起來是清爽整潔的　1

5 踏出家門時，他的鞋子情況是？

   A. 看得出來經常擦拭鞋子，鞋況保持乾淨如新　5

   B. 有些污漬，似乎不常保養　3

   C. 有些使用痕跡，但還算乾淨　1

6   關於工作上的用品，他的要求是？

A. 會特別選購有質感的，不一定昂貴但要是獨特的 5

B. 會為了增加工作效率，希望使用好的工具 3

C. 覺得能用就好，使用公司配發的工具 1

7   他是否會在身上噴撒些香水呢？

A. 會使用給人清爽感的男性香水 5

B. 他從不使用香水，不在乎體味 3

C. 不太擦香水，若有也是使用運動型香水 1

8   到了假日，他通常穿什麼類型的服飾？

A. 休閒款式的襯衫，使自己看起來有質感 5

B. 喜歡穿較為寬鬆，方便的穿著，不太注意穿搭 3

C. 簡單與素色的服裝較多，沒有太多變化 1

9   假日他通常喜歡做的事情是？

A. 會帶著我往外跑，一起做些彼此有興趣的事 **5**

B. 守在家裡較多，喜歡吸收新知識 **3**

C. 通常沒什麼意見，我想做什麼就跟著做 **1**

10   最後一題，妳的他，通常送給妳的禮物性質是？

A. 具有特殊意義，獨特且具紀念性的 **5**

B. 具功能性且實用的物品 **3**

C. 樸實簡單的小東西 **1**

計 分 法

還記得前面每題的答案嗎？

將妳所選的項目之得分個別合計分數，

然後將三個測驗的分數相加取得總分。

例：用餐習慣 ＋ 日常生活 ＋ 風格喜好 ＝ 屬 C 型。

40 分　＋　30 分　＋　30 分　＝　100 分

A

127分～150分

D

54分～77分

B

103分～126分

分

E

30分～53分

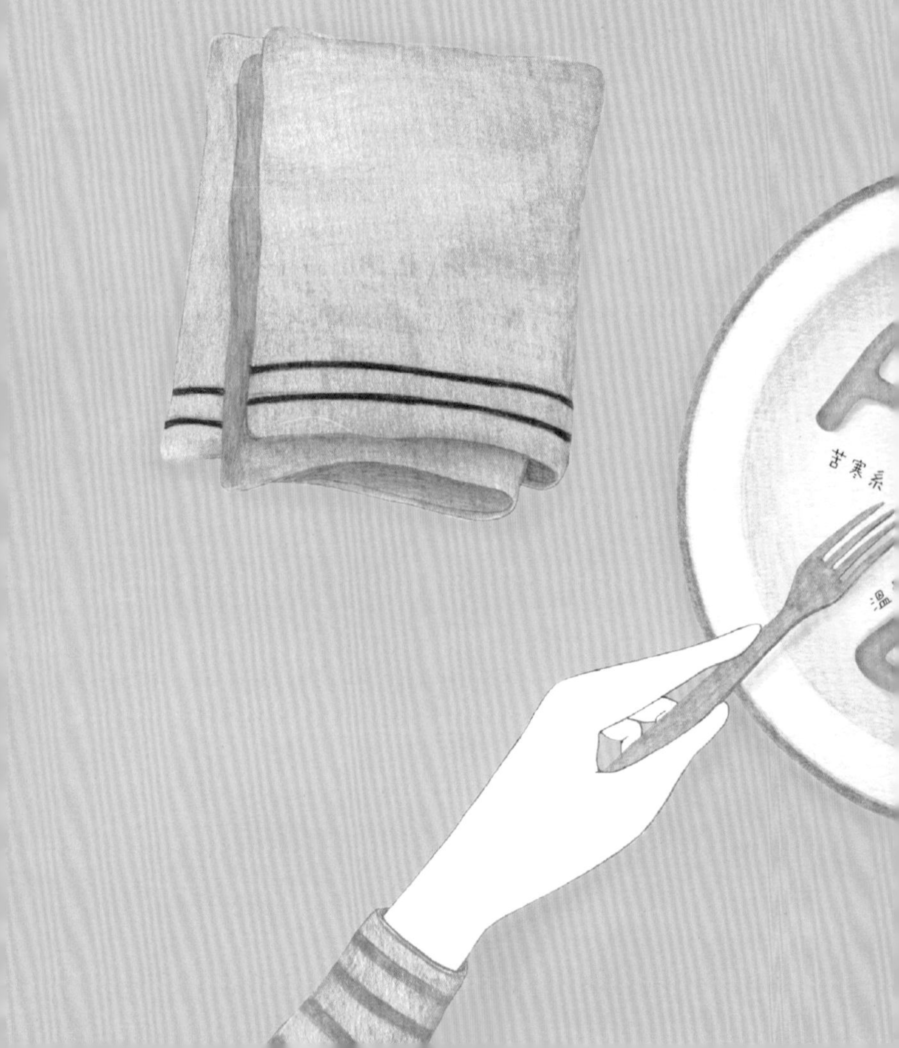
苦寒系

初次見面看似樸實保守、不喜鋪張；其實內心的自我意識高，以致偶而使人覺得頑固。他們對自己有絕對的信心，追求低調而奢華的生活方式。但也因為過度有自信，在面對他人的時候，有時過度嚴厲，這樣的態度會特別顯現在平日就不對盤的人身上，一但這些對象有了過失，即便是很小的失誤，對此也會耿耿於懷。

這類型男人常表現出機靈、聰明的樣子，不甘於平凡，對於獲得周遭人的肯定有著強烈渴望。個性上較為沉靜不好動，喜歡閒適愜意的約會方式，邊喝咖啡邊談話，然後隨手用筆寫下記事。

在品味上，對品質極為要求，無論是工作或休閒生活，對於自身物品有著一定的堅持跟原則。例如他所穿著的外套會是修身且具質感的款式，裡面搭配襯衫的領結則是具有設計感的手作品。此外，有約會時習慣在身上噴些香水，讓身上散發出舒服的味道。

苦寒系男子

　　作為他的朋友，會感覺他待人溫和，可是一但妳成為他愛慕的對象，會感受到他毫不保留的將他的熱情全都給予妳，且會將喜歡的對象捧成女神。但有個特點是，他們容易對與自己的母親或初戀情人相似的女性動情。

　　雖然是較為寡言的人，卻特別喜歡在兩人獨處時討論對未來的想法、人生觀等等，說到感動處還會因心情激動而不自覺掉下眼淚，有時候會突然盯著妳許久，接著開始訴說自己的過去，是有著纖細內心的男人類型。是會對愛慕對象貼心的人，無論上下車或過馬路，都會細心替妳注意。生日時會精心準備禮物，也會用文字表達對妳的情感，甚至會自己彈唱歌曲來表達愛意。

　　他們對於自身物品的追求較隨性，認為實用即可，穿著上他們不太會特地打扮，覺得舒適方便就好。不過有時在穿搭上，會不經意的透露出個性中潛在的孩子氣。

甜蜜系男子

　　此型男人在人際關係的處理上好惡分明，對喜歡的人謙恭有禮，對討厭的人則絲毫不會客氣。因為極有自信，偶而會讓旁人覺得帶有傲氣，但個性上出乎意料的固執，屬於理論派，對於自己所相信的感到無庸置疑。

　　擁有卓越的才能，對他們來說：「工作即生活。」兩者密不可分。總是不斷地忙於打電話、想事情，像是顆高速運轉卻停不下來的陀螺。甚至約會時，話題也會繞著工作或同事打轉。穿著上顯得隨性，常讓人懷疑是否有洗淨的襯衫。頭髮有些凌亂，臉上也不夠清爽，感覺總有刮不乾淨的鬍渣。

　　此外，對於男性化妝品、圍巾、配飾等東西沒什麼興趣。不太適合送他和自己一樣的物品，有可能會因此破壞感情。不過，雖然對於自身穿著不太重視，但由於重視工作，因此在工作相關用品上的花費毫不吝嗇，會追求最好、最新的工具。

辛辣系男子

　　無論做什麼樣的事情，都會經過審慎評估才行動的慎重型男人，不莽撞、不鋌而走險，極為小心謹慎。這樣謹慎行事的態度在職場上備受賞識及信賴。公私分明，厭惡公私不分的人，尤其討厭在公司接到關於個人私事的電話。

　　個性穩定，所以情感能長久維持，但有時也因為過於一絲不苟而無法展開戀情，即便有好感，仍會容易用嚴肅臉孔面對喜歡的人。由於個性謹慎使然，在穿著上偏好樸素，中規中矩，不會刻意追求流行，亦不會追求名牌精品等高級品或奢侈品，甚至對於這類東西偶有厭惡感。關於個人用品，認為所使用的物品簡單耐用就好。

　　因此在金錢管控上，量入為出，不會過度鋪張，會規劃預算來經營生活。他很有時間概念，會將時間規劃記錄在行事曆內，約會時會遵守約定時間，是遲到了會一路狂奔、拼命趕到的類型。

溫鹹系男子

　　這類型的男人樂觀開朗、富正義感，他人有難時，無法坐視不管。在團體中屬於善於交際的一群，喜歡和諧的氣氛，故與人相處上，會習慣調整自己來配合他人。由於個性上與人為善、樂於助人，在團體中時常被委以重任，擔任幹部的角色。

　　他不會隱藏自己的情緒，個性大方，往往可透過觀察他們的表情或散發出的氛圍來發現一些事物。非常喜歡跟大家一起玩笑嬉鬧，好像跟每個人都能變成朋友，缺點是有時思考不周全便輕易許諾，一口答應後卻無法確實地付諸實行。雖然會將自己很忙碌這件事掛在嘴邊，但若是看見別人遇到困難，卻又忍不住出手相助。

　　經常呼朋引伴一起出遊，因此在穿著上多以簡單與行動方便為主，但有一個特點是，由於熱愛戶外運動，因此無論是運動鞋、背包或是運動用具等，總會將自己的用品準備完善。

酸誘系男子

　　「要出一本書」，是 19 歲左右的我寫在筆記本上，當時覺得還遙不可及的夢想，開始畫圖到今年將近快三年的時光了，沒想到在今年真的要完成「出書」這件事，很開心人生的夢想清單可以劃掉一項了，現在只剩電影編劇跟環遊世界還沒達標（遠目）。

　　這本書醞釀將近兩年的時間，等待的日子長到我曾經思考該如何面對這個計畫胎死腹中的後果，耽擱太多時間的半成品，以我的個性應該是會開始想要改變，轉而挑戰新計畫，但這本書卻還是讓我堅持了兩年，大概因為放入的感情太多，導致我在寫作與畫圖時都會忍不住入書情緒太深而落淚。

　　所以很感謝凱特文化出版社的編輯秉哲，在 2013 年時就邀請才剛接觸插畫沒多久的我出書，在一開始堅定了我對於出版作品的信心，並且感謝他也願意等待將近兩年的時間，這本書才能在今年年初終於有了歸宿，謝謝凱特文化支持我的創作，也願意給本書很大的空間，讓我能盡情發揮。

　　也謝謝一直在身邊陪伴完成這本書的摯友 Yen Yen 和 Cherng，我們一起度過了人生重要階段的轉變，在我徬徨猶疑的時候，總不厭其煩地與我討論，幫忙想些點子。再來最感謝我親愛的家人和姊妹們，他們三年來的支持，在我決定研究所畢業之後，專職插畫時，時常鼓勵我，在我遭遇挫折時，也給我很多中肯的意見。如果沒有這些人生際遇和親愛的家人與朋友，也無法有現在的成長跟體悟，真的很愛你們。

　　最後一定要感謝的是在我生命中曾經存在的每段感情，不論是愉快還是傷感的，因為有了這些經歷，才有題材轉化成為我的創作來源，謝謝你們成就了這本書。

　　另外就是我三位非人類同事，謝謝你們每天都無怨的陪伴我工作。Bibo、Belle、Inga：往後的日子還請繼續多多包涵噢：)

miss. cyndi

Dear Cyndi

　似乎永遠忘不掉我們第一次見面，你手足無措的
像隻小動物般，跟我討論關於你計畫出書的想法，
可惜那時候時機不對，思法也不夠純熟，最後還是
難產了。但很開心最後你人生的第一本書，終於要
完成了～第一本書總是特別的重要，有時候耐心的
等待是必要的。跟當時比起來，現在的你繪畫技巧
更成熟，就連心境也改變了很多，覺得有一種看著
自己女兒漸漸長大要嫁掉的感覺呀！

　轉眼就三年了，但這幾年真的好充實，也是我們生活改變最大
的階段，要找到一個了解自己、心靈契合、無話不談的朋友真的
很難。對現階段的人生來說，你真的是我最珍惜，也最能互相體
諒的朋友。能夠忍受我這種直來直往的個性沒被我氣跑的人，應
該只剩下你了！但能把你從鑽牛角尖的漩渦中解救出來的，也只
有我了吧哈哈～記得我們才剛認識，無意間跟你提議如果你把頭
髮剪短可能會滿不錯的，你絲毫不膽怯反而興奮的叫我帶你去
剪，覺得你真的好乾脆，似乎跟當時的印象有些不一樣。

人生總是會改變，但我們都害怕改變，或許有一天，你會結婚生小孩，忙到沒有時間聯絡，而我不知道，自己到了那個時候是不是也還是一個人，這都是未知數，現在什麼都不要去想，甚至應該是說我什麼都不敢想。

好希望我們的心靈狀態跟年紀能永遠停留在這個階段，下午坐在摩斯的窗戶邊一起畫畫、晚上陪你等待往返桃園的客運、坐在你家附近的公園喝酒、兩個人講著超難笑又超低級梗笑話、瘋狂大笑、無時無刻都有說不完的話，就算低頭在趕稿，嘴巴也沒停過的大聊 Skype，每天分享一些無聊到不行的小事，卻覺得不管怎樣都還是很好笑。

我們互相坦然、彼此磨合，就算有不愉快也能隔天就忘了，每個片段都特別的珍貴，只想永遠停留在這樣光輝燦爛的時光，那個可以讓我們任意揮霍青春的美麗光景裡。

「彼此儘管講話麻辣，回憶卻時而回甘，啊好想吃鴛鴦鍋呀！」

凱特文化 文學良品 14

作　　者	欣蒂小姐 Miss Cyndi
發 行 人	陳韋竹
總 編 輯	嚴玉鳳
主　　編	董秉哲
責任編輯	董秉哲
封面設計	Cyndi
版面構成	Cyndi
行銷企畫	胡晏綺、盧曉靜
印　　刷	通南彩色印刷有限公司
法律顧問	志律法律事務所 吳志勇律師

出　　版	凱特文化創意股份有限公司
地　　址	新北市 236 土城區明德路二段 149 號 2 樓
電　　話	(02) 2263-3878
傳　　真	(02) 2263-3845
劃撥帳號	50026207 凱特文化創意股份有限公司
讀者信箱	katebook2007@gmail.com
凱特文化部落格	blog.pixnet.net/katebook
總 經 銷	大和書報圖書股份有限公司
地　　址	新北市 248 新莊區五工五路 2 號
電　　話	(02) 8990-2588
傳　　真	(02) 2299-1658

初　　版	2015 年 7 月
ISBN	978-986-5882-99-0
定　　價	新台幣 350 元

國家圖書館出版品預行編目資料：味感戀人 / 欣蒂小姐 Miss Cyndi 著.
—初版.—新北市：凱特文化，2015.07 192 面：13 × 15 公分.
（文學良品：14）ISBN 978-986-5882-99-0（平裝） 855 14009113

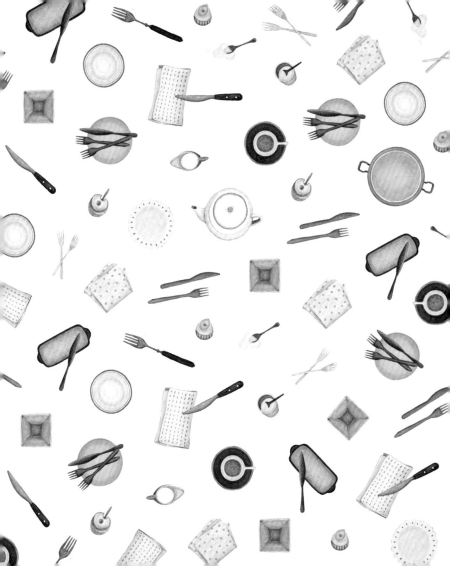